उदास लोग

(कविता-संग्रह)

उदास लोग

क्षमा कौल

प्रलेक प्रकाशन

प्रलेक प्रकाशन

PRALEK PRAKASHAN

मुख्य कार्यालय : 702, जे-50, ग्लोबल सिटी, विरार (वेस्ट), मुम्बई, महाराष्ट्र-401303
दिल्ली एनसीआर ऑफिस पता : 03/सी, ज्ञान खण्ड-4, इंदिरापुरम्, गाजियाबाद, उ.प्र.-201014

E-mail : pralek.prakashan@gmail.com
Website : www.pralekprakashan.com
दूरभाष : +91 7021263557

उदास लोग : क्षमा कौल
Udas Log : Kshama Kaul

ISBN : 978-93-5500-97-60

प्रथम पेपरबैक संस्करण : 2023

आवरण एवं पुस्तक सज्जा : बंसी पारिमू का तैल चित्र

प्रलेक प्रकाशन का लोगो मिक्की पटेल की तूलिका से।

अनुक्रम

उदास लोग-1

मित्रो!
फिर से उन्नीस जनवरी
वह भी अट्ठाईसवीं।
क्या बीतती है हम पर आज के दिन...
सुनो! मसलन!
मैं सियाराम की उस मूर्ति का अनन्य ध्यान करती हूँ
जो तोड़ी जा चुकी है, अंदाज़ है कि फेंकी जा चुकी है
वितस्ता में (क्योंकि मलबे में नहीं था नामोनिशां)
मैं ध्यान करती हूँ उन इच्छाओं का
जिनके विरुद्ध जा रही है मेरे देश की सरकार और
उसका हर घटक
(क्योंकि वे शत्रु के साथ हैं)
तब मेरा सहयोगी कहता है कान में चुपचाप
(क्या तुम मानती हो कि फिर भी हम शत्रु की दया पर ही जीवित हैं, अपनी सरकार पर नहीं)
सहम उठता है पूरा देश मेरे भीतर,
मैं सिर्फ़ रो पड़ती हूँ उन दलीलों पर
जिनमें अनिष्ठा को निष्ठा
देश भंजन को अधिकार
देशद्रोह को विचार
देशज के संहार को छोटी-सी भूल
शत्रु के मरण को नरसंहार
कहा जाता है...

हर बार कुछ नहीं बदलता
अपितु कुछ नया बिगड़ता, टूटता
एक और अवहनीय पुलिंदा लिए घूमता
मेरा निस्सहाय...हाय...

उदास लोग-2

मित्रो!
माफ़ करना मेरी साफ़गोई के लिए
छब्बीस जनवरी वह तारीख़ है जिसके पापी पेट से निकली
मेरे सर्वनाश की तारीख़
उन्नीस जनवरी
ठीक एक सप्ताह पूर्व...
मेरे शत्रु में बाँट रहा है राज्य
मेरे हाथ से छीने मेरे वोट के सहारे
नौकरियों के नियुक्ति पत्र...
अर्हता?
भारतीय सैनिकों पर फैंकना दिल खोलकर पत्थर
अरे पत्थर पड़े ऐसे पत्थर-दिल सरकार पर
क्या तुम समझ पा रहे हो कुछ?
हाँ, कल छब्बीस जनवरी को ही बाँटेगी सरकार
पत्थरबाज़ों में नौकरियों के नियुक्ति पत्र
हाँ, ख़बर सच है चाहो तो पुष्टि कर लो
इस तरह उनके सिर पर हाथ अपना हाथ धर कहेगा
मेरे हाथ से वोट छीनकर बना मंत्री
शाबाश और-और चलाओ पत्थर
यों ही बस्तों में नहीं रखे जाते पत्थर
बस्तों में किताबें रखने वालों को नहीं मिलती नौकरियाँ
बस्तों में रखो पत्थर
सैनिकों पर चलाओ पत्थर

पाओ नौकरियों के नियुक्ति पत्र
मित्रो, हमारे बच्चों के बस्तों में होती हैं
भारी भरकम किताबें
और खा रहे हैं वे छोटी-छोटी मजदूरियों के लिए
दर-दर की ठोकर
अन्य विपदाएँ अलग
बोलो! क्या करें इस छब्बीस जनवरी का
मित्रो!

उदास लोग-3

सपने में आया था क्रमसर (1) नाग
बोला, तेरे रोने ने भर दी मुझमें आग
अभी फाड़ आकाश को यों उतरूँगा मैं
पोंछ लूँगा तेरे कपोलों से दाग
ये जो पत्थर सजा रखे हैं उनने
और घुटनों-घुटनों बैठ गए हैं सिर धुनने
धो दूँगा, लील डालूँगा मैं

---

1. कश्मीर के पौराणिक क्रमसर नाग-विष्णु पाद को 2014 में बलात् हथियाने की घटना के विरोध में।

उदास लोग-4

यह तो असह्य है...
पर सहेंगे हम...
चुप रहेंगे...
घबराना नहीं सरकार...
हम चुप ही तो रहेंगे...
हाँ, हम चुप रहेंगे...

उदास लोग-5

क्रोध को जमा करो,
दुश्मन को तबाह करो,
दुश्मन को दुश्मन कहो
उठो देशवासियो...
कहाँ हो...?
हो...भी..?

उदास लोग-6

हम कितने महान लोग हैं
विपरीत धारा में से अपनी नाव चला रहे हैं
हम इसी में चुक रहे हैं
हमने सबकुछ त्याग दिया है
मान-अपमान सबकुछ तुम्हारे हवाले...
जय-पराजय सबकुछ तुम्हारे हवाले...
न्याय-अन्याय सबकुछ तुम्हारे हवाले...
सुख? दुख?
दे दो दुःख ही। सुख पर हमारा अधिकार कहाँ!
सुख रखो तुम्हीं
हमें तो पल बिताने हैं, जाना है,
तुम्हें सबकुछ कब्जाना है,
मैं तुमको रोक नहीं सकता...
देश-दुनिया...?
तुम ही रखो देश...
अब मैं कुछ नहीं कर सकता...
दुनिया में कहीं फिंक जाऊँगा
मैं कुछ न कर पाऊँगा
कुछ भी नहीं
सिर्फ़ अपने पल बिताऊँगा
उसके लिए कुछ अन्न और
चुप्पी दो न।...

उदास लोग-7

डर की कोई बात नहीं, कहते हुए डरता है हिंदू
अभी भी उसके पास है कुछ-कुछ
और डर रहा है हिंदू
हिंदू होना लज्जा है
चिल्ला-चिल्ला समझाता है हिंदू
खिड़की पर चिल्लाने वाले की बात मान रहा है हिंदू
खौलते खून को ठंडा करता
भीतर दुबक जाता है हिंदू
सारा सच जानकर भी
झूठ को मान रहा है हिंदू।

उदास लोग-8

दंगे हुए तो क्या हुआ
लाशें बिछीं तो क्या हुआ
लोग जीवित जले तो क्या हुआ।
हम तुम्हारे मालिक हैं
हम तुम्हारा जो करें
हम तुम्हारे मालिक हैं...
क्या हुआ भई क्या हुआ...

उदास लोग-9

हम खँडहरों में प्रसन्न हैं असीम
हम मानते हैं उन्हें नवीन
हम विडम्बनाओं को यों जीवन-सा स्वीकारते हैं
कि रो पड़ता है समय का मुख-मलीन
वे हमें कृतार्थ करते हैं दिखाकर हमारी नींवों के टूटे पत्थर
अगले, पिछले
दाएँ, बाएँ
दरवाजों के खँडहर
वे ही, वे ही जो थे हमारे हत्यारे
हैं हमारे प्यारे
कि
घुमा-घुमाकर कैमरे की आँख
दिखा रहे हैं हमारे होने के भंजित प्रमाण
हम अबोध
जोड़-जोड़ हाथ
करते हैं उन्हें प्रणाम कृतकृत्य भाव से
हे हे हे क्या नाम दूँ तुम्हें हे
कितने हो दयालु हे...मैं नहीं पुकार सकता
तुम्हारा सच्चा नाम
पर तुम दयालु हो...सच में दयालु
ओ हे अब्दुल करीम दिखा रहे हो फिर तुम मुझे
तोड़ने के बाद
मेरा टूटा मंदिर, माँ का मंदिर, मन-मंदिर

मेरा जला हुआ घर, विद्यालय,
सबकुछ तोड़कर दिखा रहे हो
कैमरे की आँख से
कितना रहम दिल
अब्दुल करीम तू रहम दिल!

उदास लोग-10

यह कैमरे की आँख है या ब्रह्म की?
हूँगी मैं एक वर्ष की मात्र,
पर मानो समूचे समय की
जिसका ठहर गया है यह विशाल, ब्रह्मांडीय पल,
कैसा था न तब यह नभ...
अब मानो ख़त्म है यह नीलिमा...
यह कौन जा रही है?
जा रही है मेरी नानी जगत् जननी के पास...
चल पड़ी घर से इकतालीस वर्ष पूर्व,
मुझे क्या पता था कि वह अभी चल ही रही है,
इस धूप का तापमान एक रहस्य
सुरक्षित मेरी त्वचा में
दूर से आती दिख रही मेरी मौसी और बुआ ज्यों
शैलीयुक्त साड़ियाँ पहने, कर रही हैं इस समय खेतों में धान
वृक्षों पर अखरोट पकने की बातें
ये जो वृक्ष हैं,
हैं मेरी प्रतीक्षा में
चाहिए इन्हें मेरा स्पर्श
बनाए रखी है अपनी अद्वितीय हरीतिमा
और आगे का नागलोक है राक्षसों की तैयारियों से अनभिज्ञ
यह ब्रह्मचक्षु स्रोत है नीली-नीली जलधार का
जिनका निकास नेत्र...
बादल नहीं मानते बनना बूँद भी पर।

उदास लोग-11

हमारे आकार घूमते हैं वायुमंडल में
साकार...
चलित ध्यानस्थ...
पुकारते एक-दूजे को, छूने के लिए।

हाँ! ऊँची-ऊँची अट्टालिकाओं के भी,
आकारों में ही...अरे जानते हो
कमरों के भी विभाजन...
वायुमंडल पर...
हम उनमें सुस्ताते हैं, प्रेम करते हैं,
स्वाध्याय करते हैं, भोजन करते हैं,
संगीत सुनते हैं, गाते हैं;
अपनी भाषा में मधुर-मधुर बतियाते हैं
चलित हमारे आकार...

वे हमें मरने पर मरा नहीं मानते
हमें काटने पर कुछ कटा नहीं मानते
उन्होंने लिखित पाया है हमें हेय और त्याज्य मानने का
विशेषाधिकार
वे उत्कृष्ट को उत्कृष्ट नहीं मानते
यह उनका रिवाज है
वे स्वयं को ही साकार सघन स्वाभिमानी और फिर निराकार भी
मानते हैं...

पक्ष हो या विपक्ष
अथवा हो कोई सत्पक्ष ही
कोई अंतर न था
पाप...पाप...पाप
हर कहीं था पाप
शब्दों के अर्थ बदल-बदलकर पाप
अरे बला का संगठित था पाप
और मानो गणित का यह शाश्वत उत्तर बना
कि संगठित होता है पाप।

पर हम घूमते रहे इन हवाओं में
हवाओं में खड़ी अपनी अट्टालिकाओं में...
हमने उन्हें कुछ न कहा
पाप के लिए...पाप में संगठित होने के लिए...

हम संगठित न थे क्योंकि पाप न था
इसलिए वायुमंडल में विचरते रहे
लिखते रहे पाप रहस्यों के विमर्श

जब हम साकार देखे गए
हम नकारे गए...
इसलिए हमने आकार के बसेरे न छोड़े
तिल भर भी नहीं...
वे जाना चाहते हमारी उन रहस्यमयी, दिव्य अट्टालिकाओं में
उनके ऐसा सोचते ही हो जाती हैं हमारी परित्यक्त अट्टालिकएँ टेढ़ी
अरे हमारी अट्टालिकाएँ हैं ये बर्बरो!

तो हम प्रतिभूत, निष्पाप
हाँ-हाँ निष्पाप,
हाँ-हाँ पापियो! हम निष्पाप!
तभी तो घूम रहे हैं वायुमंडल गें...

असंगठित...
भिन्न-भिन्न दिशाओं में...
लिए एक ही संदेश...

उदास लोग-12

दिलीप कुमार कौल के साथ
मेरी बात...

तुम जम्मू आ रहे हो,
ट्रेन से भेजे तुम्हारे चित्र में
पारदर्शी थे उदासी के थक्के।

देखो! तुम कहाँ आ रहे हो?
यहाँ अब रोहिंग्ये हैं...
आगे कहाँ जाओगे?
घर?
अकेला। उदास। नदी के किनारे।
कहीं डूबा तो नहीं होगा वह नदी में
सुनी तो थीं उसने वे भाभियों के बीच हुई
उन्नीस जनवरी उन्नीस सौ नब्बे की
मरणांतक बातें
कि कूद जाएँ, पर पिस्ती मुन्नी सोई है...

तब जब हम पिस्ती मुन्नी को लेकर भागे...मैदानों में
लोग बेसुध पड़े थे, बोले! कहाँ आए इधर
मर क्यों न गए वहीं कायर
गाढ़ दिया लज्जा से जीवित रह जाने के अपराध से

पर किससे लड़ते हम
हाहाहाहाहा निहत्था करते संविधान से?
वह तो उन्हीं का कागज था भाई...
हाहाहाहाहाहाहाहा अच्छा धारा 370 से
वह तो उनके हाथ की सबसे तेज तलवार निकली भाई
आँसू बहाने का अधिकार भी न था भाई
मारकर जलाए जाने का अधिकार न था
सड़कों पर गिराई लाशों के साथ नोट
कि क़ाफ़िर की लाश न उठाये कोई...

यह सब लोकतंत्र था भाई...खैर

हमारे शब्द उलटे लटकाए जा रहे हैं
कि उनमें से छनकर गिरता है
प्रकाश सच को नग्न देख सकने का
जिसे तुम विमर्श कहते हो
कि संविधान में यह निषिद्ध है
शत्रु अधिकार सिद्ध हैं
न्याय-पीठिका शत्रुसंयुक्त है

कैसी विडंबना वे चिल्लाते हैं आज़ादी-आज़ादी
जबकि उनको ही है पूरी-पूरी आज़ादी
बर्बादी की आज़ादी, अभिव्यक्ति की आज़ादी
शत्रुओं के सजते हैं मंच, शत्रुओं के हैं नैरेटिव
शत्रुओं को न लगे ठेस,
पहनना है हमें और हमारी भाषा को ऐसा भेस
हमारा सच गाली है
प्रतिबंधित हर चैनल पर, प्रतिबंधित हर अखबार में
कहते हैं अश्लील है हमारा सच
देश में बढ़ती है अनैतिकता हमारे सच से...

दिलीप कुमार कौल...

'रायपुर' के एक मेले में मुझे रँगे हाथों पकड़ा एक नक्सल विरोधी
मित्र से अपना सच बोलते हुए कलकत्ता के एक 'चतुर्वेदी?' ने
कि बस 'चतुर्वेदी' की दयालुता मेरी जान बच गई पर उसके शब्द
'तुम कम्यूनल उन्मादियों का इलाज हो...'
कि मनुष्यता है बुतशिकनों, जिहाद के साझीदारों की आज़ादी'

पर कुछ अन्य हैं जो कहते हैं, 'हम तुम्हारे साथ हैं'
अच्छा जी। हाहाहाहाहा
अरे आधी नींद में ऊँघ रहे लोगों! 'कृपया अपने साथ हो लो'

उन्हें नहीं विदित दुश्मन कहाँ से लाता है बम, बंदूक, प्रशिक्षण,
कैसे करता है शत्रु विषवमन
उनने लगने दिया है स्वयं पर चुपचाप दुश्मन को दुश्मन न कहने,
मानने का प्रतिबँध
इतने अबोध कि अपनी ही कायरता का नहीं मनन...
नहीं उठता उनके भीतर प्रश्न कि क्यों करता है
दुश्मन स्तुतिगान संविधान का, क्यों क़समें खाता है न्याय की?
क्यों क़सीदे पढ़ता है लोकतंत्र की
संभवत: पता है उन्हें कि ये बातें समझना खतरनाक है
जैसे जानते हैं हम कि अख़बार के झूठ पढ़ना खतरनाक है

वे यह भी नहीं समझते कि पत्थरबाज़ों के चेहरों पर
जज्बा और संकल्प सत्ता भरती है
अग्रिम पराजय को मानने के लिए तैयार
कि पत्थर नहीं हैं न्यायानुसार हथियार
सत्ता देती है पत्थरबाज़ों को बुद्धि
न्याय देता है अभयदान
कि पत्थरबाज़ इस देश का शान्तिप्रिय युवा है, नागरिक है,
भविष्य है इस देश का।

कहा पद्म पुरस्कारों से भरित एक बूढ़े कवि ने एक दिन
कि सेना को है सिर्फ़ मरने का अधिकार

उसे मरने के लिए मिली है नौकरी
कि बचे ये युवा, इनके मनुष्य होने का अधिकार
कि यही है अब सैनिक की ड्यूटी
यह था बूढ़े कवि का विमर्श

दिलीप कुमार कौल
एक और बात
अब चूँकि तुम जम्मू आ रहे हो...
चलो चीख़-चीख़कर कहें हम सब से कि
इससे पहले कि अधिक देर हो जाए
भाग-भागकर चूम लें इस अद्‌भुत शहर का कण-कण
सहस्राब्दियों तक ध्यान-जल-मग्न रहे एक-एक गोल-गोल पत्थर को
कहें कान में 'न आना कभी पत्थर बाज़ों के हाथों में,
हो सके तो फूट जाना
उनके सिरों पर'
चलो घूम लें इस शहर का तालाब-तालाब
चूम लें इस शहर के मंदिर-द्वार
लोट-लोट जाएँ उनके कालातीत गर्भगृहों में, धो लें अश्रुओं से
आँख भरकर देख लें इस शहर की अतुल्य शांति
जीवन से भरीं सड़कें
जिनके किनारों अब हैं जनसंहार विशेषज्ञों के मोर्चे।
आओ इससे पहले कि ज़्यादा देर हो जाए...
इस आकाश को ठीक से देख लें
है यह नीलाभ, अद्वितीय, धुंधरहित, तारों से सना...
इसके नीचे खूब नाचें...
झूम-झूमकर कि...
नाच-नाचकर...
हो जाएँ चूर...
गल जाएँ उदासियों के बवंडर...

उदास लोग-13

हे प्रभु श्रीराम!
आइए न कभी हमारे भी जंगल में नाथ!
करिए हमें सनाथ
देख लें प्रभु! हमारी अब पुरानी पड़ गई हड्डियों के ढेर
जानते हैं हम कि रो पड़ेंगे आप...
और नहीं सहा जाएगा हमसे
वह दृश्य...इसीलिए बने रहे चुप, मौन हम।
पर अब ये हड्डियाँ भी वे एक-एक कर चुरा रहे हैं
हे जानकीनंदन! और जला रहे हैं चूल्हे में पका रहे हैं भोजन
हम अपनी हड्डियों के निस्सहाय रखवाले
पर वे अब बना रहे हैं आयुध भी इनसे
जब हम रोकते हैं तो कहते हैं
मर तो गए हो तुम
क्या हुआ यदि हड्डियाँ किसी के काम आईं?
पागल तो नहीं हो तुम?
मर तो गए हो...
अब मानने में क्या है बाधा कि
तुम मर चुके हो।
तुम्हारे मरने पर ही तो हम उठा रहे हैं तुम्हारी
तपी हुई, नुकीली, धारदार, ज्वलनशील
हड्डियों का ढेर...
किसलिए रखे हो...
हे करुणानिधान! सीतापति श्रीराम! आइए

इससे पूर्व किये समाप्त कर दे
हड्डियों के ढेर का प्रमाण।
हे प्रभु श्रीराम!
आइए न हमारे जंगल में।

उदास लोग-14

उदास लोगों के पास एक साझा दर्पण था
दर्पण में जो कुछ दिखता था उन्हें
उन्हें ही दिख सकता था।
उनकी देह की मिट्टी
धरती के भीतर से गुँथी थी।
हड्डियाँ पत्थरों से मिली हुई
रक्त नदियों से होता हुआ
स्नायु...खदानों से होते हुए
मन चंद्रमा में गाँठ बँधा था सख्त
सूरज न था कहीं
धुआँ पहने ताप था बस
दिखता सबकुछ
सुनता कोई नहीं।

उदास लोग-15

(रेडियो कश्मीर की सुप्रसिद्ध उद्घोषक शांता कौल के लिए)

कहा आपने 'शांता कौल'
यह मेरे लिए समय का प्रत्यावर्तन है
सबकुछ क़रीने से है
ऐसे कि
हमने समय जैसी बला को लाँघ लिया हो,
अब वह हमारा क्या लेगा...
देखो न वैसे के वैसे कमरे
सादगी से सजे,
थे मानो हजारों वर्षों से...
माँ अनादि से
झाँकती खिड़की से
एक जादुई ढक्कन को...
जिसका नाम था आकाश,
जो पाया जाता था
घर की सीध में ऊपर।
और ब्रह्मांड में कहीं नहीं था
यह नीलापन
आह! माँ! है या थी?
कुछ स्मरण नहीं।
सुनने को अधीर रहती वह वाणी जो उतरती,
बस उसी आकाश से। दुर्लभ।
एक अद्वितीय
जिससे जुड़े थे

वे देखे, फिर विलीन हुए
नीले विस्तार, पाले वे फूल
वह खोई सुगंध, वे विस्मय
वे अपने होने,
सुनने हँसने, जीने, रस पीने के
अविस्मरणीय अनुभव।

उदास लोग-16

(उन्नीस जनवरी, 2020)

कल उन्नीस जनवरी है
कश्मीरी हिंदुओं के क़त्लेआम की रात
हिंदू स्त्रियों से बलात्कार की रात
क़त्लोगारत की रात
हिंदुस्तान की सरकार के पाकिस्तान होने की रात
कल मित्रो! है यह तीसवीं रात
एक भयानक काली रात
नरसंहार की काली रात
हम जस के तस हैं
जस के तस
आश्चर्यचकित कि क्या हम जीवित हैं
हम भी कमाल का गुर्दा रखते हैं
क़ातिलों ने माना था कि वे हमें मार के फ़ारिग हो गए
पर हम, हाँ हम, हाँ-हाँ हम ही
चुपचाप उनका पासा पलट रहे हैं...
उनके सपने जला रहे हैं
उन्हें गला रहे हैं, उन्हें रुला रहे हैं,
यह अलग क़िस्सा है कि हम
जस के तस हैं।
यह कविता नहीं बस आप सबसे
मेरी दिलोजान बातें हैं
हाँ...।

उदास लोग-17

वे अपनी दुनिया में मस्त, बेहोश
हम अपनी दुनिया में बाहोश, परेशान
नहीं चाहते वे होश,
नहीं चाहते वे होना परेशान
रहना चाहते हैं वे खामोश
बेहोश...
इसलिए वे अकेले
हम अकेले
वे हमारे विरुद्ध
हम उनकी प्रतीक्षा में...!

उदास लोग-18

(उनके चंगुल में)

हम उनके चंगुल से मुक्त हुए
सोचते हुए फँस गए हम
उनके चंगुल में।
हम छोटी-छोटी कामनाएँ करते थे
और फँस जाते थे
उनके चंगुल में।

उग आती थी हमारे अंदर कुछ इच्छाएँ
इसलिए फँस जाते थे
उनके चंगुल में।

हमारी आस्थाएँ थीं
बर्बरताओं के विरुद्ध
तब ही तो फँस जाते थे हम
उनके चंगुल में

चूँकि नहीं जिया जा सकता था
भोजन के बिना
लपक के फँस जाते थे हम
उनके चंगुल में

हाय! नहीं किया जा सकता था
साँस लेने के विरुद्ध हठ

यही था कारण उनके चंगुल का।

तब हम करते
शरीर की दीवारों को
फाँदने की अद्वितीय कल्पना
आ गिरते हम
उन्हीं के चंगुल में।

उदास लोग-19

यातनाएँ

यातनाएँ साथ थीं
यंत्रणाएँ साथ थीं
यंत्रणाओं से
निरंतर
मंत्रणाएँ साथ थीं।

आततायी लोग थे
विष पकाए भोग थे
ऐसे इकट्ठे हो गए
ये सब संयोग थे।

जीवन तो बस इक कौंध थी
बाक़ी तो तम की चौंध थी
रुधिर रेखाएँ जो रौंदी
सब प्रार्थनाएँ ख़ाक थीं।

कैसा यह अंधा प्रणय था
झूला झुलाता प्रलय था
कुछ जो थे हम बरबस हमारा
कुछ नहीं में विलय था।

उनका निष्ठुर अट्टहास था।
सोचा तक नहीं जो वह

दारुण वनवास था।
काया से कटी
और कितनी
आत्माएँ साथ थीं।

उदास लोग-20

आह! निरीह साधु
कौन साधु?
किसके साधु?
हमारे साधु?
हम तो हैं ही नहीं...
फिर किसके साधु??

उदास लोग-21

सेक्युलर...
धर्म व्यक्तिगत...
मानववाद
लिबरल...
खुला दिमाग़
और
मजे-ही-मजे...

उदास लोग-22

देखो आततायियो!
हमने बो दी है
हड्डियों की पनीरी
हम उगेंगे
हम ही उगेंगे...!

उदास लोग-23

(ओ मेरे मन उदास)

मन!
कितना मारूँ?
कितना बाँधूँ?
स्वयं किए पापों की दूँ
तुम्हें कितनी सज़ा?

रे मेरे अस्तबल में बंदी
अपनी मुक्ता का भोगोगे
कितना संत्रास?

तुम पर आरूढ़ होकर
करती हूँ अभिसार
करती हूँ व्यभिचार
कर आती हूँ संहार
लिए खड्ग हाथ में झूठी
फिर हम दोनों
गिरते हैं
हाँफते हैं
हारते हैं
मैं उठकर मारती हूँ
मारती हूँ तुम्हें फिर भी चाबुक
कि चल बँध जा
कहीं मर

दौड़ाता है मुझे कहाँ-कहाँ
थकाता है, कराते हुए वह सब
कर नहीं सकता जो मेरा तन
ओ मेरे मन!

अरे रे रे रे मेरे मित्र!
सखा! बँधु!
मैं आख़िर तुम्हें कितना मारूँ!
ला तुम्हारी गर्दन सहलाऊँ, खुजलाऊँ।
मेरे मित्र से मित्र ओ!

उस दिन स्वप्न के भीतरी प्रकोष्ठ में से
निकल आया एक
प्राचीनतम स्वप्न।
कि शहर का राजा भी था
मेरी चिता के सिरहाने

तीव्र आग्रह से कहता मेरे किसी सम्बन्धी को
शायद पति रहा हो
कि ढूँढ़ भाई ढूँढ़ जरा
किसी अस्थि में छिपा हो
इस कैबिनेट का मन।
इस कैदिन का
हत्यारिन का
व्यभिचारिन का
इस चोर अभिसारिका का मन।

देख ढूँढ़!
इसके मन की राख
छिपा पड़ा हो इसी ख़ाक में कहीं इसका मन।
थी यह दुष्ट स्त्री
करती वही जो करता है पुरुष

उफ़ क्या थी
हाँ ढूँढ़ तो इसके मन की राख को भी मैं दूँगा
कठोर दंड
चाहते हो न तुम भी वही।

उदास लोग-24

सोख लिया था बहुत-सा दुख
शब्दों ने
स्याही ज्यों सूख गई
लपककर आया वह वापस
हृदय कुतरने।

बह गया था बहुत-सा दुख
गीत बंद हुए
वह वहीं जमा रहा अंदर।

ले लिया था बहुत-सा दुख
हवा ने
हवा शुष्क हुई
यह किसके ताप से?

कह रहा था दर्पयुक्त
एक मनुष्य कि
मिटा दिए उसके दुख यायावरी ने
व्यंग्य में हँस रहा था पेड़।
यायावर की बुद्धि से बाहर।

बहुत-सा दुख कह दिया मंत्रों ने
नदी से बाहर

जैसे कहा करते हैं लोग
उससे दुःस्वप्न
नदी में बहे आँसू
पी गई सूर्य किरणें।

सूर्य ढाँपता है कितना विषाद
लज्जित थे सब
अपने-अपने संताप पर।

उदासों का उदास मेघ
कह रहा था गरज-गरजकर
उदास लोग मुझे प्रिय हैं।
सोचा पूछे कुछ वर्षा से
भरी जा रही नदी से
जीवित उनके हृदय तक पहुँचने की युक्ति।

कहा उसने कान में हौले से
मैं सूर्य से करती हूँ प्यार
उदासियों के लिए ही
डूबा रहता है वह मुझमें
सारा-सारा दिन
जहाँ-तहाँ
लज्जाविहीन

तब मैं छिड़कती हूँ
उस पर पानी
तब वह संयत होकर
बनाता है सृष्टि।
कहता है रानी नज़रिए!

शब्द, नदी, पृथ्वी, हवा, वर्षा,
सूर्य की किरणें

इनमें घुल-घुलकर
दु:ख
आया करते हैं वापस
जैसे
गर्भ में भ्रूण।

उदास लोग-25

कमनीय है आना
देह से बाहर
मिलना किसी संकेतक पर
जहाँ ध्वनियाँ न देखें
और न सुनें कुछ प्रकाश।

हम जहाँ मिलते हैं अंतरंग
क्या तुम जानते हो वहाँ का नाम?

वहाँ कोई भाषा नहीं
हैं न?
वहाँ भय भी नहीं है कोई।
कि पीछे हम कीमती सामान-सा
छोड़ आए हैं अपनी देह।
किसी अड्डे या चौराहे पर
जिसे नहीं ले जाएगा कोई कूड़ा बीनता मनुष्य तक।
जबकि हम चाहते हैं कि कोई उसे ले जाए
और बच जाएँ हम
आने से वापस।

हमें उठाना ही पड़ता है
यह सामान
और ले जाना पड़ता है

घर
हम फुर्ती से उसे घर में
छोड़ भाग आते हैं फिर
उसी पताहीन, पृथ्वीहीन,
आकाश-प्रकाश हीन जगह।

कुछ तो इतने हठी
कि यह थैली उठाने का कर्तव्य भी न निभाएँ।
कुछ इतने विवश
कि थैली भी उठाएँ
और उसे कहीं रख
भाग भी जाएँ
पता नहीं किस क्षण की खोज में!

उदास लोग-26

(पूर्वज)

वह भाँग पीता
कहीं भी बैठ करता मेरी माँ से प्रणय उत्तप्त।
कोई दुख की बात थी
किससे लाज आती थी।
विनय भी निभाती थी वह।
और काटती यों दुख का पानी कि
वितस्ता में चलाने के लिए नाव
काटती हो चप्पू से पानी।

तब वह प्रश्न पूछती
कि मानो चप्पू ही चला रही हो
और आकाश-विहार पर चल पड़ती
चढ़ती जब पति को भाँग
मानो चप्पू ही चला रही हो।

सह लेती व्यंग्य मुस्कान के बाण
मानो चप्पू ही चला रही हो
फिर सहसा घटित हुआ दुख
सतीसर रा।
वह हो गई गाली समिधा।
तब हो गया साम्प्रदायिक दंगा।
मगर चप्पू चलाने के लिए
वह चली आई लपटों का पाराबार बनकर

भाँग का धूम्र बनकर।
स्वामी की समाधि का
आसन बनकर
बिछ गई दुख काटने की ताक में।

फिर पूछा उसने पुनः प्रश्न
दुःख क्या होता है
समाधि से उठकर वह बोला
मेरा यह रिक्त अंक भरो,
उठो, दुख है तुम्हारा
लपट बनना और मेरा झुलसना
आसन-सी बिछ जाना
आओ मेरी गोद में
रचूँगा मैं कुछ
बहुत कुछ।

उदास लोग-27

(बच्चे)

आओ-आओ प्राण, आत्मा!
न रहो यों देह और शून्य के पुल के बीच में।
धागे के पुल हैं ये वस्तुतः!

रूठकर शब्दों से
अर्थों से
प्रौद्योगिक आविष्कारों से
पिताओं के प्रतिकूल,
माताओं के विरुद्ध
अपने होने में भी अवरुद्ध
विवशताओं से क्रुद्ध
श्वासों से रुष्ट
देह से निर्मोह
ईश्वर के लिए रखने वालों
परपीड़क विचार।

अरे, माताओं से कहो
प्रार्थनाएँ करें।
पिताओं से कहो,
अपनी देहों का दर्प त्यागें
कि लौट आए ये
जो खड़े हैं शून्य में धागे के पुल के बीचोबीच
ठहरे-रुके

न आर जाते
न पार
इस धाराधार नकार का
टूटे शीत पत्थर
बचाओ...बचाओ।

पुलवामा

इस बहे रक्त में अश्रु मिलकर
बने ऐसा बादल
कि फटे
बने कश्मीर
सतीसर फिर...

महामारी

चहचहाते पक्षी अहा
जी भरकर बिना भौंके घूमते कुत्ते
ढूँढ़ते हमें,
भेड़ें, बकरियाँ, मुर्गे, चूजे स्तंभित
चिंतित
कि मारे तो नहीं गए बेचारे, भूखे
बकबकाते मनुष्य!

गुरु तेग बहादुर

हे गुरु!
मेरे होने का कारण आप हैं...
यह जब मैंने जाना तो स्तब्ध मैं...
एक वायुखंड ने
उड़ाकर मेरे कंधों से शीश
रख दिया आपके शक्ति पुंज चरणों में...
वापस आकर रख दी
आपकी छवि मेरे हृदय में...
इस ब्रह्मांड में दिक्काल के पार
विस्तृत हो आप
फिर भी है हम पर शाप...
विस्मरण का शाप
भय का शाप
लोभ, स्वार्थ, लघुता का शाप...

उस दिन धो रहे थे लोग कृतज्ञ
तुम्हारी दहलीज़ जल से
मेरे निकले निकले निकले जा रहे थे आँसू...
कि मैं धो रही वह सड़क...

मुझे लग रहा था पता...
भूल गए थे वे तुम्हारी लीला...
मैं जी रही थी स्मृति में जीवन...

माँगती जा रही नहीं पता कि क्या क्या क्या?

कनखियों से देखा मैंने आप थे उदास
देखकर कि हम सब रहे थे काँप

आततायियों, जिहादियों, राक्षसों की दुर्दांतताएँ
थीं फिर आरंभ
चमका रहे थे वे तलवारें, चाकू, आरियाँ,
उबल रही थी फिर उनकी देगचियाँ पानी की,
खौल रही थी कढाहियाँ तेल की
हम रो रहे थे तुम्हारी स्मृति के गर्भगृह में
कि रक्षा करो, रक्षा करो...

हम नहीं समझ पा रहे आपके संकेत
संभवतः नहीं कर पा रहे कुछ आपके संकेतों के अनुसार
यदि समझ भी रहे हैं
ऐसे में क्या होगा...
हिंद बिँध गया है फिर...
भेड़ियों की इच्छाकीलों से...

शब्द

ले-देकर मेरे पास शब्द ही हैं,
और कुछ भी नहीं।
ये भी तभी पाए थे, जब घर था।
यदि इन शब्दों को पाने से पहले
नहीं रहता घर...
तो रोंगटे खड़े होते हैं सोचकर
क्या होता मेरे पास...

मैं इन शब्दों की बहुत देखभाल करती हूँ,
पूरी शक्ति से,
मानो ये ही लोहे के हों शस्त्र...
पीते हैं ये मेरा खून...
पर हैं ये मेरे शब्द...

इनको देखकर मेरी आँखों में आती हैं वे तलवारें
जो हमारे खून से रंजित
होने के बाद हो गई थी काली
जंग लगकर
बड़ी ही ऐतिहासिक
वे तलवारें
फैंक दी थीं जिहादियों ने
हमारे गाँव में हमें मारकर...
टूट पड़े थे बरात के लिए बने चावलों के टब पर

और खा गए
आई नहीं बारात
कि क़ाफ़िर दूल्हे को काटकर, फैंक दिया वितस्ता में...
अरे बड़ी लंबी कथा हैं भई...
पर अभी बात शब्दों की
कि बहुत कम बचे हैं ये मेरे पास
तलवारों के विरुद्ध
कि झुंड के झुंड भाग जाते हैं,
या किया जाता है इनका अपहरण।

नहीं मिलता इन्हें पूरा मूल्य मेरे पास
लग गया है इन्हें असत्य में सजने का व्यसन
मेरी फटेहाली से ये प्रायः तंग आते हैं...

नहीं बिकते
इन्हें पड़ी है बिकने की...
मैं कुछ शब्दों की करती हूँ मालिश,
मैं चमकाती हूँ अपना रक्त देकर इन्हें ..
हाँ, मैं इन्हें थकने नहीं दूँगी...
मेरे पास मात्र ये ही हैं...
कुछ दसेक शब्द...
और कुछ नहीं हैं मेरे पास सच।

जिहादियों के ख़िलाफ़
नक़ाबपोशों के ख़िलाफ़
उनके समर्थकों के ख़िलाफ़
मेरे पास हैं सिर्फ़ शब्द ही...।

घर

मैं गाँव की नदी को समुद्र मानती थी
उसके दूसरे तट को
धरती का दूसरा देश,
फिर एक दिन आ गई सच्चाई सामने,
छूट गई नदी
खो गए पथ
पृथ्वी हो गई बड़ी
पाँव के छाले हो गए रथ
खो गया वास-निवास
यों सहसा आ गया सामने सच में समुद्र
पर उसमें नहीं था साहस मुझे डुबोने का
जबकि गाँव की नदी मुझे प्रतिदिन
ले डूबती, फिर पटकती वापस तट पर
कहती, जा अब घर
समुद्र अहमंन्य,
न लें डूबने का था जीवट
न कहने का तट पर लौटाकर 'जा अब घर'
'घर'...

ईद मुबारक़-1

क़ातिलों को वे देते हैं मुबारक
जनो-बच्च, बूढ़े, जवान सब।
कि उनके हाथों के लेते हैं चुंबन
शब्दों और भाव-चित्रों से।

जिनमें थे उनके लोगों को
चीरने के खंजर...
कितने शर्मिंदा हैं वे उनकी उस
मेहनत, साहस, मशक़्क़त पर,
जो करनी पड़ी उनको काटने को
उनकी अनगिन गर्दनें।
कि कितना कष्ट दिया हमने तुम्हें
हमारे प्यारे, शांत, राजसी क़ातिलो!

हम माँगते हैं पूरे दल-बल के साथ
इस बदतमीजी, नासमझी के लिए माफ़ी
हमारे प्यारे हमवतन क़ातिलों!

तुम प्यारे हो, इन्साफ़ पसंद हो, ऊपरवाले
को मानने वाले हो, शांति तुम्हारा मज़हब है,
इसलिए शांत हो, इबादतपसंद हो, संयमी हो,
ऐसा कहते हैं लोग और राजा लोग।

हमारी नासमझी थी, इसलिए भी माफ़ करो।
प्यारे क़ातिलो!

कितनी मेहनत से तुमने रात रात
उस रात करके हमारा क़त्ल
किया हमें निहाल
हम आपके शुक्रगुजार
कितने दयालु हो आप।

कि करके क़ुबूल हमारा
ईद मुबारक़
देकर उसका जवाब भी
हम ख़ुशी से बेहोश हैं...

सच में दयालु हो क़ातिली के हुनरमंद माई-बाप
फिर से ले-लो हमारी बीबियों, छोटी-छोटी बेटियों, जवान बहुओं की
ओर से
और क़ुबूल करो ईद मुबारक़
माई-बाप से...हमारे क़ातिलो!!!

ईद मुबारक़-2

क़ातिलों को मुबारक़ ईद का
कि रोज़े रख के किया सफ़ाया क़ाफ़िरों का
रूहानियत हैवानियत का ईनाम पाया
हाथ के हाथ
यों बजाया दुनिया में डँका
ईमान का
सरकारों ने भी की मदद
रफ़्तारों ने भी की मदद
यों बढ़ाया क़ातिली का रुतबा
और बताया दुनिया को कि
क़ाफ़िरों को सिखाया
जाना है क्या सबक़!
वाह! तो क़ातिलों को है मुबारक़
ईद का

माँ शारदा

(जिनका मूलस्थान कश्मीर में है और वह स्थान इस समय पाकिस्तान अधिकृत भाग में नितांत जर्जर भग्नावस्था में है। नौवीं शताब्दी में शंकराचार्य जी कश्मीर शारदापीठ गए थे, वहाँ उन्होंने माता से विनय की कि वह उनके साथ कर्नाटक चली आएँ। तब एक काष्ठ प्रतिमा में माता उनके साथ आई और उन्होंने उसको कर्नाटक, उडुपी में शृंगेरी में प्रतिष्ठित किया। 2017 में शृंगेरी गई और वहाँ बहुत कुछ मेरे भीतर घटित हुआ। बहुत-बहुत कुछ। माँ शारदा से खून के आँसू बहा-बहाकर विनय की कि आओ लौटकर। जब से तुम गई हो, हम भी दर-दर भटक रहे हैं निराश्रित, निराधार, निरीह, लावारिस। यह कविता तब लिखी)

क्यों गईं तुम माँ
शंकर के साथ
करके हमें अनाथ

उसका तप था
थी भूलें हमारी
नूपुर झनके
हिली चूलें हमारी
उस क्षण का अब तक
निरंतर आघात
क्यों किया अनाथ?

हम अहंजड़ित
वह था संवित्प्रकाश माना
दयामयी हो सोचकर

अपना इतराना।
किंतु तुमने सचमुच दिया त्याग।

हम हैं अनाथ
तुम गई क्यों?
शंकर के साथ।

हम उद्दंड!
यह दंड??
भोगा-भोगा...
बस अब अनुकंपा।

है कृमि और दुर्गंध सना
सब।
अब कृपा
माँ!!!

आओ-आओ करें यह
तपोभूमि, यह मनोभूमि साफ़
माँ क्यों गई तुम करके हमें अनाथ।

स्मरण नहीं कुछ भी
हमसे जो हुए पाप
तदजन्य संताप
किस आवरण को लिया ढाँप?

माँ! आओ-आओ
खिलखिलाओ
करो कृपा हास।

क्यों गईं तुम
शंकर के साथ।

करके हमें अनाथ।

पशु हैं वे
खा रहे हमें
मुट्ठी-मुट्ठी
रो-रो निस्सहाय
नहीं सुलझा पाते गुत्थी।

आओ माँ मय अपने विद्युत्धाम
उन दुर्दांतों का कर भंग प्राण
रो-रो हम हो चुके हलकान
आओ माँ!
आओ कृपानिधान!

कथा एक तिथि की

आ रही है धीरे-धीरे
वह तिथि समीप
छब्बीसवीं बार?
हाँ, छब्बीसवीं बार।

इस बीच हमने कितने ही बंजर लिए बुहार
घुटती रही चीख़ें और पुकार
ताक ली अनगिन सरकार
किंतु आती रही यह तिथि बार-बार
बारंबार।

तब हम अवाक् रह गए
कि महान चिंतकों, विचारकों, सरस्वती पुत्रों
संस्कृति पुरुषों, अध्येताओं, नीतिकारों, इतिहासकों,
शोधकर्ताओं,
आचार्यों, प्राचार्यों
ने इंगित से और
उँगलियाँ मसि में डुबो-डुबोकर कहा
तो क्या हुआ
तो क्या हुआ?
तुम सभ्य हो, तुम सुंदर हो।
सह लो, सह लो फिर एक बार।
तुम प्रसिद्ध हो सहने के लिए

सिद्ध हो तुम
कुछ नकारों भरी अनुक्रिया देख
वे उग्र हो गए
हत्यारों के साथ।
उँगलियाँ गला-गलाकर लिख दिया दीवारों पर
"हत्यारों का झूठ सच है
सच माना जाए"
वर्ना हम विरोध करेंगे
यह एक चिंता थी, हमें ही करनी पड़ी
सबके हिस्से की।

इस बीच हममें से
एक-एक को खरीदा गया
पुनर्स्थापित हो गया
दास बाजार।
जीर्ण-तंबुओं का नजारा करने एक दिन
आ गया सुल्तान और बोला-
उठो! एक जात की
बची-खुची हड्डियों! प्राणों! हाथों! और पैरों!
अब छिपा दूँगा मैं तुम्हें
पहाड़ों की दृष्टि-ओझल गुफाओं में!
चुपचाप ख़त्म हो जाना मजे से।
उन्होंने हमारी कहानियाँ लिखी
अपने हिसाब से मजेदार मीठी,
और कभी-कभी थोड़ी-थोड़ी
आँसूदार नमकीन।
और बेच दी बीच बाजार।
कितने खुश हैं वे कि
नष्ट करने को एक जन पारावार
वे सिद्ध हो सके हैं मददगार
कहते हुए-
"मूढों! सोचते हो तुम्हारे आततायी के साथ हम

खड़ी करेंगे दीवार।
अरे! विश्वमानव हैं हम।
नहीं कर सकते इंसानियत को
दरकिनार!
मूर्खो! एक पूरी मानवता को समाप्त करने वाले के भी होते हैं
मानवाधिकार
बल्कि उन्हीं के तो होते हैं मानवाधिकार।

इस बीच हम बंदरों के मुहानों पर
दूर प्रजनन और प्रेम की प्रक्रिया में
अजगरों का बने भोजन
कि हमने उनकी ज़मीन पर
तंबू गाढ़े थे
और वे किसी सुल्तान के मातहत न थे।

हम जान गए उनकी मार्फ़त
प्रेम और प्रजनन हमारा है अपराध।
और हत्यारे का मानवाधिकार।
कि प्रेम करेंगे तो भूख बढ़ेगी
प्रजनन करेंगे तो दास
अजगरों के ग्रास बढ़ेंगे

इस बीच हममें से कई सुरक्षित, सुसंस्कृत, सुपठित दास
मंडी में बिक गए।
और यंत्रणा से मुक्त हुए
फिर भी चाहते रहे कि कोई उन्हें मुक्त कर दे
मुक्ति की इस अवधारणा से।
बहुत से सुपठित दास
प्रसन्न चित्त कहने लगे
कि संविधान में जैसे लिखा गया है
हमें दिखना चाहिए।
लिखना चाहिए

कि सच जैसा है
वैसा ही लिखा नहीं जाता।

पर सत्य की सत्ता देखो।
चीख़-चीख़कर कहता है
क़लम उठाओ
मुझे लिखो!
मुझे लिखो!
वे मुझे उल्टा टाँगकर मार रहे हैं।
वे मुझे आरी पर चीर रहे हैं।
वे मुझे ज़िंदा गाड़ रहे हैं।
मुझे बचाओ!
मुझे बचाओ!
हाय! यह तिथि पुनः-पुनः आती
पर सच्चाई किसी को नहीं भाती
अब के यह तिथि आने से पूर्व
चल बसा सुल्तान
दासों ने की श्रद्धांजलियों की बौछार।
हे सम्राट! कितने दयालु थे आप
न करते अपनी दुख़्तर का इस्तेमाल
कैसे भला करते तुम जाति संहार।
तुम्हारा आभार
विश्वदृष्टा थे तुम

तुम ने ही दिए मुझे
मेरे जार-जार रोने, गिड़गिड़ाने पर
नौ किलो चावल और पाँच सौ रुपये का फड़फड़ाता नोट।
हे दयालु राजा!
फिर तुमने मेरा तंबू उखाड़कर
मुझे पहाड़ की गुफा में छिपा दिया।
कि कुछ लोगों ने मेरे तंबू को देख
तुम्हें लज्जित किया।।

इस पर मुझे लज्जा आई कि
तुम्हें मेरे लिए लज्जित भी होना पड़ा।
हे महान् सम्राट!

तुमने तब कह ही दिया संसार से
कि हममें से कुछ को
ले ही जाओगे तुम अपने साथ अपने घर।
हे दयालु सुल्तान!
तुम्हारा जाना कितनी बड़ी क्षति दयालुता के संसार में।

तुम्हारे एक परम दास ने छीनकर
अपने ईश्वर की उपाधियाँ प्रदान
लगाई तुम पर
"पीर, पंडित, पादशाह"
इन नामों से पुकार-पुकार
किया विलाप।
हे पिता। छोड़कर क्यों गए तुम मुझे
यों निस्सहाय?
सूख गए कुछ बचे, न बिके प्राणवानों के प्राण।

ओ हमारी स्मृतियाँ!
ये कहाँ जाएँ?
हम इन्हें कहाँ विसर्जित करें?
इनके फन फनफना रहे हैं।
हम हैं इनके विषयक।

हम इस तिथि का सामना करने की
तैयारी करने में जुटे हैं।

सांगोपांग, वैयक्तिक
बाहर-भीतर
दिक्काल सपरिवार।

पर इस बार हुई एक मजेदार बात
लोकतंत्र की लावारिस प्रयोगशाला में
संस्कृति, आदमियत और सच के विरोध में
ठोक-ठोककर बोलने वालों की बड़ी-सी नाव में हो गया
हमारी आहों और अश्रुओं ने कर दिया एक
बड़ा-सा छेद।
ढूँढ़ने को तैयार उनने मचाई चीख़-पुकार
भगदड़ में कुछ डूबे और मर गए।
कुछ तैरते हुए लगा रहे थे मदद की गुहार।
बचाओ-बचाओ!
नहीं तो हम लौटाएँगे पुरस्कार
हाँ, हम लौटाएँगे पुरस्कार।

हमारी हँसी का न था ठिकाना,
सच पर हमारे विश्वास का न था ठिकाना।
सदियों बाद हँसे हम
अरे भई! हमारी हँसी का न था पारावार।
पर
पर
इस बीती किंतु जीती
कालरात्रि की तिथि
आ रही है निकट
निकटतम।
फिर एक बार।
हाय! दुर्निवार।
दुर्निवार।

‘भाईचारा’

आतंकी हमला और फिर मजबूत ‘भाईचारा’
पथराव फिर ‘भाईचारा’
तेजाबी हमला फिर तेज
‘भाईचारा’
तलवारों पर हिंदू खून
फिर जबरदस्त भाईचारा
ड्रिल मशीनों से सिरों में छेद
फिर उतना ही गहरा भाईचारा
बोटी-बोटी अंकित शर्मा की
फिर भी भाईचारा।
बेघरी किंतु अक्षुण्ण, आबाद भाईचारा।
आग ही आग, धुआँ ही धुआँ
पर भाईचारा
कहा एक मंत्री जी ने आज कि देखो
यह देश जितना पीड़ित का है
उससे कहीं अधिक पीड़ा देने वाले का है
हम इन दोनों में भेदभाव नहीं करते।
इसलिए हे पीड़ितो! बस भाईचारा
भाईचारा! भाईचारा! भाईचारा!
आया एक और मंत्री और बोला-
मित्रो! काम हो गया अपना
अब शामियाना हटेगा
भोज में प्रयुक्त पत्थर (पत्तल),

खेल में प्रयुक्त गुलेलों, पानी (तेजाब) की बोतलों का कचरा।
हटवाने का दूँगा आदेश!
धन्यवाद!
महान् यह भाईचारा??

मुक्ति

मुक्त जीने दो मुझे अब
मुक्ति में बँधन बहुत है
अश्रु पीने दो मुझे अब
इनमें चुप क्रंदन बहुत है।

तुम निकालो घर से अपने
हम बहाएँ सत्त्व अपना
यों मरण को उकसाओ मत
संचित यहाँ जीवन बहुत है।

तुम मिटाओ मन से अपने
हम बनाएँ मन को दर्पण
तुच्छताओं से लड़ूँ अब
इनसे अब अनबन बहुत है।

विदेश से लौटकर

विदेश से लौटते ही उसने कहा
कि 'वह नंगी थी'
और पुस्तक पढ़ रही थी।

पूछा मैंने, "वह नंगी थी ?
पर पुस्तक क्यों पढ़ रही थी?"
सोचा मैंने
पढ़ रही होगी
कि ढूँढ़ रही होगी अपने नंगी होने का कारण।

कहा उसने पर बार-बार
दोहराया उसने बार-बार
अरे सुनो तो!
कभी नहीं भूल सकता कि
वह नंगी थी।
और पुस्तक पढ़ रही थी।

अहा हा हा हा वह नंगी थी
और पुस्तक पढ़ रही थी।
और पुस्तक पढ़ रही थी।

प्रायश्चित्

कितना महान समय है
हम प्रायश्चित् कर रहे हैं
प्रभु! समय बढ़ाओ इस काल का
ऐसा न हो कि हमने पाप कम किए हों
और यह अवधि जल्दी समाप्त हो जाए।

प्रभु! यह कालावधि बढ़ाओ
बड़ा महान उत्सव है
हम प्रायश्चित् कर रहे हैं
हमें आ रहे हैं स्मरण
अपने सारे जन्म
और हम उनके उलट
जैसा तब करना चाहिए था
कर रहे हैं प्रभु!

कितना महान समय है कि
कोई बता रहा था
कभी उसने एक बेछत आदमी को
एक बोरी में सिमटते, बच्चों को सिमटाते देखा था
दूसरे जन्म में उसे वही बोरी खरीदनी पड़ी थी किसी शहर में,
बारह रुपयों में
बनाना पड़ा था छत

कितना भव्य उत्सव है
तिनके-तिनके के होने का उत्सव
कुछ टँकों के होने का उत्सव
उपेक्षाओं का
अभावों का उत्सव।

आह! हम कर रहे हैं प्रायश्चित्
सभी किए उपहासों
सभी किए परिहासों
तूणीर से चलाई सभी
मुस्कानों का
जो वास्तव में ही प्रलय का उद्घोष।

मुझे लगा

मुझे लगा कोई चला
मेरे आंसुओं में से
घुटनों घुटनों पानी में।

मुझे लगा कोई चला
मेरी धूल में से
धूल-धूसरित होते हुए।

मुझे लगा पड़ोसी रंगरेजों
के मुर्गे को ही शाप दिया था
भगवान बुद्ध ने
असमय बाँग दे कर
उदास और बेढब
इतिहास को उलीचने के लिए

जब मेरे भीतर से गुजरा
सूर्य चंद्रमा एक साथ
समय बनाते हुए
पृथ्वी के लिए
मुझे लगा
ईश्वर मेरे सामने था
अश्लील मुद्रा में पैर फैलाते हुए।

मुझमें से मैं थी
बाहर आती हुई
उस कोण पर खड़ी होकर
मुझमें ही विलय पाने के लिए
अथवा
जल प्लावन के लिए
आँखें डबडबा आने के लिए
मुझे लगा।

स्वप्न

अगर स्वप्न है दुख
सुख स्वप्न है
तो स्वप्न है हमारा हम होना।

अगर दुर्लभ है यहाँ चिनार
तो स्वप्न है हमारा यहाँ होना।

स्वप्न है रोना स्मृतियों की बाढ़ में
हँसना भी स्वप्न ही है विस्मृतियों की असिधार में

स्वप्न है हमारा यह चिथड़ा जीवन
अंततः मरण भी स्वप्न है।

हमारा यों अवसाद ढोना
भी होगा स्वप्न ही
स्वप्न में भीगना, भागना, चीख़ना, ढूँढ़ना, खोना, पाना, मिलन
घर चल पड़ना
पर पहुँच न पाना
रास्ता भूल जाना
भी होगा स्वप्न ही।

हमारा कुछ भी न होना,
कहीं भी न होना भी स्वप्न ही है क्या?

दूर होना उससे
उसका हमसे दूर होना भी
होगा स्वप्न ही।

वह स्वप्न और स्वप्न का अंतिम बीज भी
पकड़ पाना है स्वप्न।
उसका हमारा होना,
होना हमारा उसी का भी
है स्वप्न ही क्या?

जिसका पता हमें
वहाँ मिला था
स्वप्न में
जो स्वयं
स्वप्न ही था।

अब जो परिवर्तित स्वप्न है
कहते हैं फिर भी
जो वह पहचान थी
वह भी स्वप्न ही हो।

हमारे यहाँ होने से न रुकेगी
स्वप्नों की अनंतता
गलत है हमारा चाहना
स्वप्न है यह चाहना भी।

प्रार्थना

भयदायी यह शांति
समय है अशांत रहने का।

हम शांति खँडहर
त्रस्त हैं शांति से।

ये समुद्र मेरे अश्रु
प्राग् इतिहास से
कारण थी शांति।

प्रभु! ऐसी शांति का अंत कर दे
हटा दो शांति की तलवार
अथवा तो काट दो वह मस्तिष्क जो
शांति सूइयों से है छलनी
पर शांत है।
यह शांति षड्यंत्र।

अशांत कर दे प्रभु,
अशांति भर दे प्रभु हर कहीं
हाँ, अशांति
कि हो शांति।

नालिश-1

कि मैं पेट पकड़-पकड़कर
घूमती हूँ पूरी धरती पर
बिलखती हुई...

तब वह ठठाकर हँसता है
और सुनाता, दिखाता है मेरी बेबसी का यह दृश्य
अपने मित्रो को।
वकील यही लिखता है
ताकि मित्र पुष्टि करें...

मित्र उस क्षण के कुछ और
बारीक विवरण माँगते हैं
मानो घुसना चाहते हों वे भी
मेरे पीड़ित शरीर में।
बस उसके लिए
ताकि पुष्टि कर सकें।

वे हँसते हैं। बेहद हँसते हैं।
खूब-खूब हँसते हैं
और उसे प्रसन्न करते हैं।
वह! जैसे उसके भीतर घुस गया हो मिहिरकुल।
और चिंघाड़ता हो मृत्यु पूर्व
मेरा एक-एक अवयव हाथी

तो मिहिरकुल कुछ ऐसा करता ही है
कि मैं पकड़ ही लूँ
अपना पेट
त्रास और भय में लोट-पोट हो जाऊँ धूल में
चिंघाड़ूँ दीवार पर सिर पटक-पटककर
कि हो उसका और उसके मित्रो का मनोरंजन।
ताकि वकील लिखे कागज पर
और दोस्त करें तस्दीक़ नालिश पर।

नालिश-2

उस पूरी गाड़ी पर लगी थी नालिश
जो मुझे ले जा रही थी अदालत
उसके माल डिब्बों, खाली डिब्बों, जनाना डिब्बों
मर्दाना डिब्बों पर भी लगी थी नालिश।
क्यों कि लगी थी नालिश मुझ पर।
यह नालिश का सूतक था।

इस पूरे ब्रह्मांड में यह राज
केवल मैं जानती थी कि
शहर की अदालत का चपरासी
वकील और बाबू
जानता था
कि हम शहर के दिल में आग की
तरह बह रहे थे
शहर जल रहा था
पर मुझे छोड़ और किसी को नहीं दिख रहा था
जलते हुए।
दो दिन बारिश हुई
यह मेरा तैयार किया पानी था

शहर का दिल कीचड़-कीचड़ था
और मैं नालिश की नक़ल
लेकर चली आई दूसरे शहर।

उस पूरी गाड़ी में थी
नालिश की नक़ल
डिब्बों में बिखरे पड़े थे
उसके शब्द
मूँगफलियों के छिलकों की तरह।
कि मैं बिखरी पड़ी थी
जगह-जगह उनके साथ।

और नक़ल के कई नुक़्ते
मुझमें उतरे थे।
पटरियों की कीलों की तरह।
अब शहर कीचड़ था
आग मैं ले आई थी नक़ल के साथ।

वह कविता

बस यहीं से उड़ गई थी
एक नायाब कविता आकर
मेरे चित्त से

क्षण भर रुकी थी वह...
मैं उसे...हाँ उसे...और उसे
और उसे ही याद कर रही थी
बहुत थी पीड़ा में।

इसी संक्रमण से
बनी थी एक कविता इस खाद
पानी, हवा, मिट्टी और नाद प्राण से।

सुगंध उठी उसकी
सिर्फ़ क्षण भर रही और घुल गई अंतरिक्ष में।
कोई बोला अंतरिक्ष से
"वह यहाँ अब सुरक्षित है
तुम्हारे शब्दों से परे
हाँ हाँ वह यहाँ तुम्हारी प्रार्थना से परे
बीजाक्षरों से भी परे।
प्रकाश के लिए।
मैंने कहा, "कौन ओ तुम
चोर कविताओं के?"

पेड़

यहाँ मेरी जड़ें हैं।
यहाँ...
यहाँ उगा हूँ मैं
पृथ्वी और आकाश के मिलन से।
इन दोनों की
उँगली थामे
खड़ा हूँ यहाँ।

जब खाँसते हैं लोग
बनते हैं
बनते हैं चेहरे मेरे भीतर।
चलते हैं
पहचानता हूँ आहटों से।

हवा की विशेष गंधों से
जान जाती हूँ
उनके निर्गमन की दिशाएँ।
छूते हैं हाथ मुझे
अलग-अलग नीयत से।
तब भी खड़ा हूँ
एक पाँव पर
और सहलाता हूँ उन्हें
प्रस्तुत करता हूँ

धड़,
जड़ें, शाखें,
जो भी हो चाहे,

पेड़ हूँ...
खड़ा रहता हूँ...
एक पाँव पर...

मुझे निकाला गया

पहले मुझे निकाला
घर से
फिर शहर से
जहाँ शरण ली थी
उस शहर से
फिर जहाँ शरण ली थी
उस शहर से भी।

ख़बर है कि निकाला
जाएगा मुझे इस शहर से भी

जहाँ-जहाँ से निकाला गया
उगे मेरे फल
उगे पेड़ों में हुई मेरी पैबंद।
मेरे पास है बीजों की गठरी
टिकाने को पीठ
रखी है बाँध
मेरे सामने घूम रहा है ब्रह्मांड

घूमता-घूमता आएगा घर
गठरी खोलूँगी
कभी न बाँधूँगी।

फिर से निकाला गया मुझे

उसने फिर कहा-
निकल जाओ मेरे घर से
पर अब की बार
कुछ तरीक़ा बदलकर।

छोड़ दिया फिर मुझे एकाकी
मेरी रुकी हुई कविताओं के साथ
अब बड़े हो रहे बच्चों के साथ
मेरे गाते हुए शरीर के साथ।

मैंने कहा था कि
मैं कविताएँ नहीं लिखूँगी
मेरी एक-एक साँस ही
बनती हैं मेरी कविताएँ
मैंने कह दिया था
कि मैं खुद ही खींच लूँगी
अपनी जुबान।

मैंने मान लिया था कि
मैं एक स्त्री हूँ, अतः बिना आत्मा के हूँ।

यह भी सोच लिया था कि
मुझे उस पुरुष से बिना प्रेम पाए ही करना चाहिए

इतना प्यार?
कि वह कहीं मुझे न दे मार?

पर एक दिन उससे यह भी न देखा गया
फिर वह मेरे अकेलेपन में सेंध लगाकर आए
लाल चींटियों की तरह

मेरे चिह्नित करने के सभी प्रयासों को मारकर।

मैंने कह दिया था कि
मैं चाहती हूँ जीना।

मुझे बस थोड़ा-सा अवसर दो इधर
देखो मैं ही खाली कर दूँगी
तुम्हारा घर।

पर अब मैं अभी यहीं हूँ

मैं अभी यहीं हूँ
पर होना नहीं होगा यहाँ
आएँगी मुझे ये दीवारें याद
इन दरारों में बँधी
मेरी पागल आवाज़ें
पता होंगी सिर्फ़ मुझे।

सोचेगा खिड़की के पल्ले के पीछे का चाँद
कर रही हूँगी मैं उसे याद।
पता नहीं कहाँ!

उस वक़्त की मेरी दूरी
पीड़ा रेखा है...
लिखेगा खगोल शास्त्र...

मेरा उच्छृंखल नाच
धँस गया है यहाँ के फ़र्श
के महीन सुराख़ों में।

तभी दीवारें हो गईं आतुर
रखने को सुरक्षित
मेरी हृदय-विदारक ध्वनि
और फट पड़ी
उनकी छाती।।

मेरे गाँव

इर्दगिर्द घूम रही हूँ
तुम्हारे!

संसार की सभी रेलें
तुम्हारी करती हैं परिक्रमा।

सभी वायुयान ऊपर उठकर
बोलते हैं तुम्हें प्रणाम।

मैं भी तुम्हारे गिर्द के
गोलार्द्ध में
घूम रही हूँ कहीं गुम हुई

और करना चाहती हूँ
इस गोलार्द्ध में सुराख।

मेरे गाँव! कहाँ हो तुम इस क्षण?
उस संत के सात कंकड़ों से उगे वे चिनार?
शवों को पार लगाने वाली नाव?

शिव की समाधि
नंदिरुद्र
कामधेनु के पति हो

कौन हो तुम
बताओ तो मेरे गाँव!

जहाँ से मैं देख रही हूँ तुम्हें
उस कारागार की सलाखों से
दीख रहे हो।

मैं प्रश्नपत्र हूँ
बोलो न कौन हो तुम?

मेरे गाँव
कहाँ हो इस क्षण तुम मेरे गाँव?

संसार की सभी रेलें
कर रही हैं तुम्हारी परिक्रमा
सभी हवाई जहाज उठकर
करते हैं तुम्हें पहले प्रणाम।

मेरे गाँव!
मैं घूम रही हूँ तुम्हारी खोज में
सारा ब्रह्मांड घूम रहा है
तुम्हारे गिर्द।

उन दिनों

उन दिनों मुझे
भरपूर ईर्ष्या होती विधवाओं से

मैं जानती थी कि विरली है
मेरी ईर्ष्या।

मैं यह भी जानती थी कि
किसी को भी नहीं विदित कि मैं
यह क्या कर रही हूँ।
और कर रही थी निर्बाध ईर्ष्या।

उन दिनों अचानक एक और घटना घटी विरली
अचानक अमेरिका की स्त्रियाँ प्रार्थनाएँ करने लगीं।
और पुरुष करने लगे कविताएँ।

मेरा मन
मन ही मन
उन दिनों
पाठशालाएँ भी खोल रहा था
प्रार्थनाओं की
कि सीखें वे प्रार्थनाएँ करना।
कि वे हो गई थीं विधवाएँ।
या...या...या... कुछ भी

पुरुष लिख रहे थे कविताएँ
क्योंकि उनकी खो गई थी प्रेमिकाएँ टॉवर पर
या...या...या...कुछ भी...

मैंने सोचा था-
इस अमेरिकी आतंकी हादसे के बाद
मैं विधवाओं से ईर्ष्या करना छोड़ दूँगी
पर मैं निरंतर करती रही
विधवाओं से ईर्ष्या
उन दिनों...।

चंद्रभागा के तट पर शृंगार

(गायिका नैना सप्रू के लिए)

सबकुछ हो रहा था समानांतर
आर-पार।

तुम सँभाल रहे थे वाद्यवृंद
मिल रहे थे अतिथियों से भी।

सजाई जा रही थी
मेरी सेज
उद्दाम-विवर्त।
अमूल्य उन गोलक पाषाणों पर
अमूल्य काष्ठ के बड़े-बड़े स्तंभों पर
विराट महल में।

मैं पहनकर आ गई रक्तिम सिंदूरी साड़ी
मेरे साथ थे जितने बँधु
तुम्हारे भी रहे होंगे उतने ही बांधव।

आह! ज्यों ही की मैंने आचमन
उठाकर रख दिया गया मुझे सेज पर

मेरे कुछ बँधु रो रहे थे मेरी विदाई पर।

तुम्हारे बांधव कर रहे थे
मेरा सौंदर्य वर्णन।

सूर्य निकल आया हठात्
मेघों से बाहर
जैसे कोई बलिष्ठ युवक
आए भीड़ चीरकर
प्रिया को देखने।

अहा हा हा हा हँसे सब
तुम्हारे बांधव और बोले-
मनचला है...अच्छा है
गर्म कर गया इसी बहाने
हमारी भी हड्डियाँ
भोला है
निश्चिंत थे वे मेरे लिए
निश्चिंत थे तुम मेरे लिए

तब तुम्हारे आने पर
लगाई मैंने अग्निबिंदुओं से चिटकनियाँ

फिर निपट विवस्त्र
उत्तप्त तुम्हारे अंक में।
कौन जानता है कि अंतहीन...
विरह व्याकुल तुमने कहा
आग लगे इन वस्त्रों को
उदग्रीव तुमने चूमा मेरा अंग-अंग

आह!
त्यों ही बजी बाँसुरी
राग...शुद्ध सारंग।

तुम्हारे सभी बांधव सोच रहे थे मन ही मन
कि मैं तुमसे अकाट्य
अत्यंत गुँथी हूँगी...
पर मेरे बँधु थे थककर चूर
भारमुक्त...प्रशांत।

हम थे जलनिमग्न
अग्निनृत्य में लीन
सूर्य के अश्रु पोंछते
बनते अचिंत्य।

फिर था शब्दों का प्रीतिभोज
बड़े ही चयनित
सुकोमल, सुष्ठु, सम्यक्
शब्दों के व्यंजन।

मैं तृप्त, पूर्ण, विलय,
सुलझी गुत्थी-सी
गिरी फुहारें तो सो गई
मैं कौन थी?
तुम कौन हो?

आज की डायरी

बहुत क्रुद्ध थे आज मेरे सहयोगी
देश भर के भिखारियों पर
जिन्होंने करगिल के बलिदानियों के नाम
कल कर दिए अपनी भीख के सिक्के।

कह रहे थे कि
भ्रष्ट हो गए हैं देश के भिखारी
देश को करते हैं प्यार
युद्ध का करते हैं समर्थन

तम

तम प्रखर है
फिर भी करो श्रम
नम नयन है
यह दुःख है दर्शन।

एक कवि के लिए

तुमने कहा है
शुभ शकुन होता है
टूटना ग्लेशियर का
लो यहाँ टूटा है
एक आकर पहाड़ से
लुढ़कता हुआ।

पहाड़ से उड़ती हुई आई है यहाँ एक
निष्कासित चिड़िया
सफेद बर्फ-सी
और पिघलकर सूखकर
चिटक-सी गई
जैसे जलने के क़रीब काठ।

पहाड़ी घटाओं की तरह
दूसरी तरफ हो रहे थे
पाताल-गत क्रोध-घन
साफ़ हो रहे थे सुख की यादों के
तारक-क्षण।

जा रही थी एक पहाड़ी परी
मैदानी ताप-ग्रस्त वन में
धूसरित

मुट्ठी में बंद थी रणनीति
जंगल में भालुओं से
संरक्षण की।
जबकि दे रहे थे उसे वे भी
कोई संदेहास्पद संरक्षण।

शापग्रस्त-तापग्रस्त
किंतु नहीं थी निस्तेज
नहीं है उसे पसंद
एक ग्लेशियर के सम्मुख
ग्लेशियर की मुद्रा में रहना।

तुम्हारे ही शब्दों के
ध्वन्यालोक से कवि
देखो टूट गया है
ग्लेशियर!

शरणार्थी शिविर

एक युवक छीनता है
एक बूढ़े से चादर
बूढ़ा जोर लगाकर पकड़ता है उसे
फिर जवान भी
जोर लगाकर छीनना चाहता है।

आस-पास के लोग
अपनी-अपनी चादरों को
कसकर पकड़ते हैं
या
उनके ऊपर-नीचे छिपाते हैं
और
बूढ़े और जवान की
छीना-झपटी का आनंद लेते हैं।

कुछ लोग बैठे-बैठे
जवान को कोसते हैं
और जवान लोग बूढ़े के सामने
चादर उसकी होने का
प्रमाण पेश करते हैं।

तटस्थ प्रेक्षक
राय करते हैं कि युद्ध कितना जरूरी
हो गया है।

शहर की इन बिजलियों में
दिख रही हैं पगलियाँ
दिख रही इन पगलियों में
बुझ चुकी हैं बिजलियाँ।

पागल

किसे दें धन्यवाद
उनके लिए
जो नहीं हैं पागल
किसे कोसें पागलों के
बुद्धिमानों के बीच होने के लिए।

बाँट रहे थे पागल
बुद्धिमानों का दुख
अपनी ख़ुशी को रखकर ताक पर।

बुद्धिमानों ने
आसमान की तरफ उठा रखे थे हाथ
धन्यवाद के कि
शुक्र है कि वे नहीं हैं पागल।

पागलों को देखकर
पहले हँस दिए बुद्धिमान
फिर घुमा लिया अपना-अपना सिर
कुछ ने नज़रों से पीछा किया
पागलों का
सुनना चाहा उनका एक-एक वाक्य
प्रत्येक संवाद,
हर कोई विचार

कि उमड़ उनमें पागलों के लिए।

जानना चाहा
उनका दर्शन
कह रहा था उनमें से कोई
गीता में भूल गए
बताना कृष्ण
हे परंतप!
पागल हो गए हो क्या?
पागल मत बनो।
आत्मा नहीं होती पागल
अथवा गैर-पागल
कौन हैं ये पागल?
क्या वे जो नहीं हैं पागल
या सृष्टि के मूल में ही है
कोई बीज-पागल।

ज़मीन

प्रश्न तुम ओ!
सबसे ज़्यादा चाहा मैंने तुम्हें...
तुम किस की या किसी की भी...
मैंने तुम्हें चाहा और
रो पड़ी मैं अकसर।

मैंने ढूँढ़ा तुम्हें पुतलियों से
जबकि वे रख रहे थे
तुम पर पाँव।
लोग इसे कह रहे थे, मान रहे थे
उनकी सामूहिक क़िस्मत।

कैसी होती हो तुम ओ!
नर्म? ठंडी? मीठी?
ऐसी कि जिस का नहीं कोई नाम
रख पाया कोई शास्त्र
कोई ज्ञान।

जिन्हें नहीं आया लिखना
'आँसू' शब्द।
कुंठित हो उठे और कहने लगे-
"हैं हम समय के नियामक
और करते है घोषणा-

कि अब रोना किसी को नहीं
रोने का समय अब चुक गया...
कि रोने वालों को देंगे वे ज़मीन
या मिल जाएगी अपनी-अपनी बारी से
उन सब को ज़मीन, इसलिए
रोओ मत...क्योंकि
सूख चुके हैं उत्स
और बंद किया है रोना उन्होंने भी।

अत: ऐ ज़मीन!
तुम मत रुलाओ उन्हें
जिनके पास पानी है।

उद्घोषक हाँफ उठा
और फिर बोला-
मैं नहीं करता आदमी और आदमी में फ़र्क़
चाहे एक बर्बर हो एक हो भद्र
मैं नहीं करता
हिंदू और मुसलमान में फ़र्क़
हैं दोनों मेरे लिए बराबर
मगर
रुककर
एक गिलास पानी पीकर
बोला वह आगे कि
माँ! नींद के गहरे समुद्र-तल से
जब ऊपर आती थी
निपट अँधेरे में सतह पर
जैसे मछली लेने के लिए साँस आती है
काले समुद्र से बाहर
चीख़ती थी ज़मीन
बेटा, वह ज़मीन दिखा दो न
जहाँ खूँटी से बँधती थी गाय

हाय मैं चूम लूँगी उस
हाथ भर ज़मीन को।

उस हाथ भर ज़मीन को देखकर
चाहूँगी मर जाना
मुझे ले चलो बेटा
चलो-चलो :
अँधेरे में कोई कह रहा था
कि अंगुल भर ज़मीन को देखने के लिए
खोल दिए गए हैं ब्रह्मांड के सभी
ताकि न मरें हम बिना उसे देखे।
बेटा! हमारे लिए कर दी गई है यह व्यवस्था
या संभवत: सिर्फ़ मेरे लिए
चलो न...
...चलो...चलो...जल्दी चलो...
पता न कब हो जाएँ
उस अंगुल भर ज़मीन के
कपाट फिर बंद...!
कहकर ऐलान कर्ता रो पड़ा
अरे हाय ज़मीन!
मैं करती थी तुमसे
माँ से भी ज़्यादा प्यार
बच्चों से भी ज़्यादा प्यार
प्यार के सभी नियंत्रणों से
बाहर प्यार!
ज़मीन! मानो करती होऊँ अनाचार।

अगर मैं रोती हूँ तुम्हारे लिए...
तुम्हारे दो अंगुल के लिए
मानो सचमुच...
मानो हाँ...

ज़मीन...ज़मीन...ज़मीन
जहाँ खूँटी से बँधती थी गाय
होता है वहीं से
धरती का पहला कोस शुरू...
कहती रही ऐलानकर्ता
कि माँ...
ज़मीन पर रोता रहा ऐलानकर्ता।

पिता का अंत

माँ का आँचल पकड़ बोले पिता
चलो न वहीं
जहाँ हम थे
जहाँ के थे।

दुलराते हुए बोली माँ-
घबराओ नहीं जाएँगे वहीं
बिल्कुल वहीं
जहाँ थे
जहाँ के थे।

चूहे बन हम छान मारेंगे
अपने घर के एक-एक कमरे का
एक-एक कोना।
कुतरेंगे उनके हृदय
उछल-कूद घूमेंगे
निरापद, निर्विघ्न।

भाँपेंगे डर तो
अंधकार भरे बिलों में
उतरेंगे...छिपेंगे...
रहेंगे अब यों वहाँ
जहाँ थे, जहाँ के थे।।

न हुआ तो चींटियों के पूरे समुदाय में
छतों पर चढ़ेंगे...उतरेंगे...पंक्तिबद्ध
समाकांक्षी-बँधुगण-अनुगामी
अन्न के भंडार भरेंगे।

दहलीज़ से घुसकर
रहेंगे भीतर
न कोई गोली चलेगी।
न फटेगा बम।
पता भी न चलेगा उनको
कि लौट आए हैं हम।

न हुआ तो पक्षी बनकर
चुगेंगे अपनी खिड़कियों की
मुँड़ेरों पर उनके दाने।

न मारेगा कोई मजहब
न मरवाएगा कोई धर्म।

चहकेंगे आँगन की
वृक्ष-फुनगियों पर
दालानों से प्रायः घुसेंगे
अटारी में अपनी
करेंगे प्रेम।
अपने कमरों में उनकी मनपसंद चीज़ों पर
करेंगे बीठ।
भाँप खतरा
उड़ छिपेंगे
सुरक्षित हम।

अरे न हुआ तो होंगे

अपने मुहल्ले के श्वान।

और न हुआ तो
दुबकेंगे कहीं बरामदे की
उस छोटी छिपी जगह पर
बिल्लियाँ बन
लगाएँगे 'म्याऊँ-म्याऊँ' में
घर छोड़ दो के नारे।

अरे न हुआ तो होंगे
कीट-पतंग अपने आँगन के।

शीघ्र ही मिलेगी मुक्ति
होने से मनुष्य।
जाएँगे वहीं
जहाँ थे, जहाँ के थे
प्रतीति है मुझे।

हाय! होना अपने शहर में भी
होता है होना अपने घर में ही।।

अज़ान

यह वह अज़ान है जिसके ख़त्म होते ही
क़ाफ़िरों के घर जलाने का हुकुम दिया गया।
यह वह अज़ान है जिसके फ़ौरन बाद
पागल भीड़ ने हमें क़त्ल करने का फरमान
अंजाम फरमाया।
यह वह अज़ान है जब यह तय किया गया कि
हिंदू मर्द शाम को सकुशल घर न लौटें।
यह वह अज़ान है जब हमारी लाशों को
बारिवायत टुकड़ा-टुकड़ा काटा गया
और हर टुकड़े पर नाचा गया।
यह वह अज़ान है जिसके तुरंत बाद
उस डॉक्टर को ज़िंदा जला दिया गया
जिसने उनको उनकी माताओं के पेट से निकाला था।
फिर अज़ान हुई तो
कितनी-कितनी क़ाफ़िर स्त्रियों को रौंदा गया।
यों क़ाफ़िरी की सज़ा पूरी दी गई।
और फिर बारिवायत आरी में चीरा गया।
चीरे गए टुकड़ों को पुल की नींव में
मजबूत पत्थर के साथ लगाया गया
कि पुल मजबूत हों।
कितना सुनोगे!
बस जान लो मित्रो!
ये ही उनके उपदेश हैं उनके

रूह में उतारने के लिए।
अरे भाई! तभी तो रूह काँपती है।
दलील यह कि
रूह काँपती रहे इन अज़ानों से कि
पता चलता रहे कि कौन ज़िंदा है
और कौन मर गया।
ज़रा टटोलो खुद को
क्या रूह है भी कहीं
ठीक से टटोलो
वह रुई का फाहा है।
कि वे तीली दिखा सकें
और तुमको पता भी न चले कब
ख़त्म हुए तुम।
सहिष्णुता का उपदेश देने वाले
गुरु लोगों!
तुम किताब पढ़ी बात की करो वकालत
पर सुनो कान खोलकर!
आँखों देखे, कानों सुने और चाम पर झेले नरसंहार
बँधु हर अज़ान के बाद किए गए।
हर एक अज़ान के बाद।
हाँ, हर अज़ान के बाद।।

स्पंद

स्मृतियाँ बीज में वृक्ष की तरह थीं
समय कब अच्छा रहा था किसी भी समय।
क्या आप सह रहे हो समय को
और जी भी रहे हो?

और समय के मुखौटे के बदलने की
ईश्वरीय प्रतीक्षा कर रहे हो?

या समय को बदलने के लिए
उठ खड़े भैरव की तरह
क़ानून हाथ में ले रहे हो?
समय के वृक्ष आते हैं
बीज में से निकल
जल-ऋतु संयोग।

हाय! निस्सहायता और संवेदनशीलता
साथ-साथ गुम्फित रहती हैं...।

हाय! शांतिप्रियता और
अकर्मण्यता भी क्या
साथ-साथ रहती हैं?

हाय! उदासियाँ और
उत्कट प्रेम
एक साथ रहते हैं...
क्यों...?

एक कविता

अचानक एक कविता मेरे पास आई
और बोली-
इससे पहले कि मैं विगलित हो जाऊँ...लिखो तुम लिखो
विल्हण के बाद तुम बताओ उनको मेरा
स्थाई पता।
कि मैं पीड़ा से फटते हृदयों की कंपन हूँ ..
मैं गूँगूँ की ऊँ ऊँ ऊँ ऊँ हूँ।
बहरों की छटपटाहट
घुटी जा रही उन शब्दों में
जिन्हें बोलना पाप कर दिया गया है
और सुनना तो महापाप...।
सुनो! मैं नहीं हूँ वहाँ कहते हैं
जो कि मैं उनके पास हूँ...
मैं किंतु अज्ञातवास में हूँ।

झूठ का उनका अचीन्हा मतिभ्रम

अरे मैं यहाँ हूँ अवसाद-ग्रस्त
लोगों के संग

मैं शब्द-स्वर्णकारों के शब्दों में
नहीं हूँ
मैं प्रतिबँध-भंजक हाथों के

बल में हूँ...
उनके आर्त नयनों में हूँ
सत्य कहने के लिए फट रहे हृदयों में हूँ
मैं अर्थ-भरे क्रोध में हूँ

अर्थों को व्यवस्थित करती स्मृतियाँ
क्रमवार नहीं चलती उनकी
मैं उस अतिक्रमण का रोध हूँ।

लिखो कि मैं घटाटोप हूँ
उनके मन पर घटती हुई
आह! मैं फटती हुई।

विचित्र वह

हुआ या हुई उल्लसित वह
जान गया कि जो कुछ भी है
लिखने के लिए है।
उसके समंतात जो कुछ भी है
लिखने के लिए है।
उसका रोना
उसका होना था लिखे जाने के लिए
लिखे जाने के बाद नष्ट होने के लिए
देखा उसने कि लिखे जाने के बाद भी
टिका हुआ था सबकुछ वही...
जहाँ था वह तमाशबीन...
सुन रहा था आस-पास की करतल ध्वनियाँ...
डूब चला स्पंदन वह अतल गहराइयों में और
जान गया या जान गई
कि लिखने के लिए नहीं,
होने के लिए था
वह जो कुछ भी था
जैसा भी था।

लिखना था कोई ग्लेशियर गढ़ने के लिए
या ग्लेशियर गल जाए
इसीलिए था लिखना
लिखने के लिए ही हो भले

पर था वह टूटने...
टूटकर जमा हुआ सब पिघलाने के लिए...
हर व्याप्ति को देख...
परिणति को सुंदर करने के लिए...
हर प्रतीक्षा की यात्रा उतनी तीव्र लिखने के लिए
जितनी कि वह होती है...
लिखते हुए चलने के लिए
क़लम की नोक पर आता जा रहा था
बहुत कुछ
क़लम जिस हाथ में थी
उसे था अंत तक पहुँचने के बीच का
काटना समय
लिखते हुए...

वह निराली

वह एक निराली मिली मुझे
बोली जब आ रही थी
गत-रविवार को हमें
याद मातृभूमि की
तो लोट-पोट हो रहे थे हम
हँस-हँसकर।

कुछ तथाकथित कर्णधारों की बैठक

कल वे सब आए थे
अपरिचित बनने।
हर चेहरा था
ईंट की दीवार
हर आँख थी
फ़ौलाद की मीनार
कान थे ज्यों हों जेल के दरवाजे
हाथ थे मानो मूर्तियों से टूटे।

हर किसी की नाक थी
बहुत अधिक ख़तरे में
हर दिमाग़ था
जैसे टाइम बम।

भाव बिके फूटी कौड़ियों से
पास थे कुछ बारूद सने शब्द।

द्वेष सहलाते
ईर्ष्या की सेंक से।

सर्वशुभ से दूर फैंकते वे
हर किरी को भ्रम था कि
वे हैं खासमखास

अजनबी वे सब के सब थे
यों उनके हाथों में थे हाथ

भौंचक थे
परेशान थे
पास जिनके बदलाव के सामान थे।

छूट उनके हाथों से हथियार तब

आए थे जिनमें
गए अलग ही चेहरों में
जाना क्यों घूमते हैं दलाल
इन लुटे हुओं के शहरों में

हम शब्दों में रहते हैं...

1. शब्दों के घर हैं चल
अचल घरों के स्मृति-बादल
अर्थों की बारिश में नित-नित बहते हैं
हम शब्दों में रहते हैं...

2. नई बात है पास हमारे
और नया साहस-अभय
नई बात हम जंग को कहते हैं...

3. थके हुए थे शब्द सभी
पैर दबाए हमने उनके
साँसें फूँकी उनमें अपनी
सत्यार्थ रक्त की धार उछलते हैं
हम शब्दों में रहते हैं...

4. हम शब्दों में रहते हैं जैसे
रहते वृक्ष-कोटरों में पक्षी
महादिगंत पर विश्वास करते हैं...

5. ध्वनियाँ अपनी प्राणशक्ति है
चिंता अपनी त्राणशक्ति है
क्रांति विद्युत हम उनमें भरते हैं
हम शब्दों में रहते हैं।

6. शत्रु ने हमसे जो छीना
हमने शब्दों में वह बीना
और सपने अपने कहते हैं
कि हम शब्दों में रहते हैं।

7. कि भावी फव्वारे शत्रु रक्त के
भावी पतन शत्रु पीढ़ी का
काल-पुरुष के दूत यह कहते हैं
हम शब्दों में रहते हैं।

8. हम शब्दों में रहते हैं
जैसे रहती मीन सागर में
वर्ना हम तो जल बिन मरते हैं
हम शब्दों में रहते हैं।

9. शब्द हमारे घर और आँगन
शब्द हमारे धरती गगन
शब्द हमारे दुख निपटाते हैं
हम शब्दों में रहते हैं।

10. ओ माँ मेरी! पहन हिम-मुकुट
गाढ़ दे जलोद्भव संतति को
यही विनय हम उससे करते हैं।
हम शब्दों में रहते हैं।

यह पथ

द्वंद्वमोह विगलन पथ पर से
बुद्धि तरल हुई जाती
महातमस में हृदय जल रहा
कहाँ यह भस्म उड़ी जाती।

आओ हाथों से एकत्रित
करके रख लूँ मनघट में
आओ पलको, तुमको इसका ढक्कन
बना लूँ झटपट मैं।

समय

यह समय बहुत अचानक है
यह समय बहुत भयानक है।

कोई कहता है कि
मैं संविधान के भीतर
कोई जादुई शब्द बन उतरूँगा
उसे कुतर दूँगा।

कोई कहता है-
मैं वामपंथियों में
सुलह से घुसूँगा
फिर उन्हें भून दूँगा।

कोई कहता है-
मैं धर्मनिरपेक्षों से दोस्ती गाँठूँगा
और फिर उन्हें घाट उतार दूँगा।

कोई कहता है-
मैं सत्ता में आऊँगा
तो भारत को भारत बनाऊँगा।

कोई कहता है–
मैं संतुलन के अर्थ को
सत्य पर लौटा लाऊँगा।

कोई कहता है–
मैं चुप रहूँगा, कि शिष्ट हूँ।
सभ्य हूँ। भद्र हूँ। मैं शोरबा नहीं।
मुझे यह सब शोभा नहीं देता।

कोई कहता है –
मैं हिंदू नहीं
विश्व नागरिक हूँ। बुद्धि–खोल हूँ।

कोई कहता है यह
शरणार्थी–फरणार्थी क्या होता है
मैं वहाँ भी रहता हूँ और यहाँ भी
वहाँ मेरी...यहाँ मैं...

कोई कहता है
किसी समुदाय से रिश्तेदारी
दीनहीन करते हैं...
मैं नहीं...

कोई कहता है कि "बुद्धि भगवान ने सिर्फ़
मुझे दी है
चाहो तो प्रमाण दूँ क्या?"

कविता

हे कविता! हे कविता!
छिपी हो कहाँ?
किन शब्दों की धारों में?
अर्थों के संकटमोचन प्रहारों में?
आ बरसो-बरसो कविता
ऐसे जैसे बरसे कुछ बारिश के पानी से हटकर
परिवर्तन की सक्षम धारों में
तुम हो हमारा आयुध कविते!
हम हैं युद्धरत लोग।

वीणा जलाली के मुख पर मेरा गाँव

इसके चेहरे पर है मेरा गाँव
गाँव का अलौकिक आकाश
गाँव के घर
गाँव की वे गोबर के धुएँ से सनी
यज्ञ करती
प्रात संध्याएँ
वे धान के खेतों की उन्नत पगडंडियाँ
जिसपर बेलाग दौड़ लगाकर
मैं पक्षियों
विशेषकर कोयल से प्राय: पूछती
अपना
अपनों का
उत्स।
गाँव का नाम भी था सीधा-सीधा
"रहस्य"
वे गेंदे के अनिर्वचनीय क़ाफ़िर फूल
वह इष्टदेव...
जिसे कितनी बार तोड़ा गया...
पर
माँ कहती है-
फिर भी बना रहा उसी के पास
सृष्टि का "रहस्य"
टस से मस न हुआ

सृष्टि का "रहस्य"
सब छपा है तुम्हारे दिव्य मुख पर
पता नहीं तुम्हें पता भी है वीणा जलाली!

हम

हम बीते में जीते हैं
वे बीतते हुए जीतते हुए से
दिखते हैं
बचता है मेरे पास इतिहास, प्रार्थनाएँ और अश्रु
न सुनाई देते हुए
न दिखाई देते हुए
न छुपाने योग्य छिपे आकाश में
रहते किसी में युगों-युगों का विश्वास निवेशित कर
विषण्णताओं और शत्रु की अंतिमताओं की बाट
अनवरत जोहते हुए
एकाकी आह्लाद पर थिरकते हुए
विषाद और त्याग के...

क़त्लगाहों के वे बाग कहते हैं

सब कातिल एक हो गए
क़त्लगाह को बाग कहा
क़त्ल किए लोगों से हमदर्दी का भी किया ड्रामा।
दशकों से क़त्ल हुई रूहों ने
वातावरण में तेज किया था हंगामा
शुरू किया था क़ातिलों को पहचानना
ये रूहें घुसीं संसद में भी
पेशेवर क़ातिलों के डर और
आश्चर्य का न था ठिकाना
अब बाग से चले गए वे
जिस्मों में बंद रूहें अब
बंद न करेंगी इन्हें सताना
देखना, मेरी बात सच निकलेगी।
देखते ही जाना
भाई! देखते ही जाना!

हे सैनिको

हे सैनिको!
कितने आनंद में हो
और भय में हैं हम।
कितने निर्द्वंद्व हो
और ग्लानि में हैं हम।
आकाश में हो
मँझधार में हैं हम।
भूल जाओ इस गल्प को कि
नींद आती है हमें...
जागते-जागते
बला का आराम पाते हो तुम...
कुतर्कों, तर्कों, वितर्कों का कचरा
ढोते हैं हम।
हाथों में लेकर उस कचरे का
कचरा करते हो तुम।
प्राणों के तुम दास नहीं
प्राणों के खास हो तुम
हमसे वे प्राण कहते रहते हैं
कि
बकवास हो तुम।

शत्रु

शत्रु मुखर है
शत्रु निकट है
शत्रु, उसे पर नहीं है कहना।
शत्रु सहज है
हम असहज हैं
यही तो है शत्रु का करिश्मा
शत्रु हँसता है
हम रोते हैं
शत्रु, उसे पर नहीं है कहना
शत्रु भीतर हैं हम बाहर हैं
यही तो सच है
पर नहीं है कहना।

संसद में जब वह आया

वह आया
खूब इतिहास बघारा
जो उसकी राजनीतिक कल्पना थी।
टिप्पणी टंककों को भी काम मिला।
उसके कहे इतिहास को राजमा चोल (चावल) की तरह
और बघार लगाकर कुछ
गद्‌गदों को खिलाना
ध्यान लगाना
विचार शून्य होकर
राजा का हमें मुक्त (समाप्त) करने का स्वप्न;
स्वप्न?
फिर से, ठीक से सुन लो-
स्वप्न, स्वप्न, स्वप्न
पूरा कर,
सुख की नींद में जागने में देश (राजा)
की सहायता करना
क्या अंतर पड़ता है
तुम छः हजार हो या छः लाख,
(अरे क्या फ़र्क़ पड़ता है)
अरे कुछ तो गिना नृपति ने।
आएगा धीरे-धीरे वह सच पर भी।
कुछ तो धैर्य रखो
ओ नरक, अरे नहीं-नहीं, स्वर्ग के कीड़ो।

राजा ने हमारी रक्षा के लिए ही
राजदरबार में हमें कम गिना? कि
हमें नज़र न लगे
कि वह जिहाद से ही तो डरता है
इसीलिए वह भी जिहाद ही करता है।

संसद में आज

कहा गया कि शांति है जम्मू-कश्मीर में
चारों ओर
आतंकियों को दिए जाने चाहिए और कुछ
गाढ़े वज़ीफ़े
बनाए जा रहे हैं उनके और उनके बच्चों के लिए
स्टेडियम।
ताकि और और करें वे देश का आराम से परिवर्तन।
बोला वह मोटा, खाया-पिया, डकारता वक्ता
'मैं भी गया था दल के साथ
और सचमुच अगर धरती पर स्वर्ग है तो वहीं
देखी मैंने वहाँ सच्ची शांति
शाबाश सरकार
इस शांति को बनाए रखना है दायित्व
दी जाए उन्हें कुछ और धनराशि
कि ग़रीबों, बेरोज़गारों को मिले सहायता
सुखभरी मुस्कराहट में मुस्कराई
माननीया वित्तमंत्री।
संकेत कि 'समझ गई! तुम प्रसन्न हो
हमारे जिहाद के विरुद्ध न जाने पर।
खुश हो
हमने अपनाई तुम्हारी ही शब्दावलियाँ,
ओ मेरे सम्माननीय विपक्षी!
आगे बोला माननीय संसद सदस्य

कि मिले इस सरकार को निशाने पुरस्कार
और हाँ, वह फिल्म है न
किया जाए उस बेचारी को भी टैक्स फ्री।

सौंदर्य

सुंदर ओह सुंदर!! चीख़ रहे थे
वे देखकर अपने खँडहर।।
अद्‌भुत ओह अद्‌भुत!!
हमारे घर थे इस दुर्गम पर्वत पर??
आह्लाद ओ आह्लाद!!
किस-किस ने किन-किन
हाथों, उँगलियों,
नखों से तराशे हैं ये पत्थर!!

कितने ज्यामितीय, कितने आव्योम, कितने चैतन्य!!

कितना सहृदय शत्रु कि हम नहीं रहे थे फूले समा
कह रहा था उनमें से ही कोई
'आओ, कोई तो आओ इधर अरे तुम।
देखो तोड़ दिया है हमने तुम्हारा ईश्वर
काहे का ईश्वर?
हमारी महानता,
दिखा रहे हैं हम तुमको तुम्हारा टूटा (मान) ईश्वर
कि तुम करोगे पत्थरों पर भी अपने हस्ताक्षर?
तभी तो हमने
खाया तुम्हारा मांस,
पिया रक्त,
यह काम था सुंदर, सुखकर,

भोगी तुम्हारी स्त्रियाँ, फिर काटी
फिर वापस कर दिया उनको बोरों में भर-भरकर
यह काम था सुंदर, सुखकर
सचमुच सुंदर, सुखकर

तुमसे नाराज है राजा
डरता है हमसे, हमारी रूहानी ताक़त से,
विश्वास से, श्रद्धा से
जो न डरेगा
उनको भी मारेंगे हम चुन-चुनकर
चुन-चुनकर, छिपकर, खुलकर

यहाँ! यहाँ? रहते थे वे...रहते थे यहाँ...
यह नाला है चौड़ा और यह जंगल
तैरती और रुकी हुई हैं इसमें उनकी हड्डियाँ भर-भर
जंगल में भी पड़ी हैं उनकी गली हुई हड्डियाँ भर-भर
यह काम किया गया है तब से
सुंदर, सुखकर
यह पर्वत की तलहटियाँ जहाँ
पहुँचना है दुष्कर...

कोई एक दौड़कर आया हाँफ-हाँफकर
हाथ में मोबाइल लेकर...
कहता गया उस सरकारी दल से
हाँ थे ना, रहते यहाँ हाँ-हाँ
पर ओ पुरातत्त्व वेत्ताओ!!
हमने कर डाला यह काम
सुंदर, सुखकर, सुंदर, सुखकर
फिर भी बचा रहा उनका यह अधटूटा ईश्वर।
पता न है यह कौन महान क़िस्म का पत्थर।।

कहते हो तुम

कहते हो तुम कि हम मरे क्यों नहीं वहीं
कहते हो तुम कि हम शरणार्थी हैं क्षमायोग्य नहीं।
कहते हो तुम कि हम समझते हैं खुद को भी देशवासी
कहते हो तुम कि हम नष्ट न हुए यों ही।
(थे इसी लायक़)
फिर कहते हो तुम कि हम हैं चाचा के उत्तराधिकारी...

क्रोध है तुम को कि हम नहीं रहते विनय से
जैसे रहना चाहिए बेघरों, संहार के मारों को...
दुख है तुम्हें कि हम क्यों बचे
यह कैसे चूक हुई दुश्मन से...
वैसे तुम कहते हो कि हममें यह विवेक नहीं कि
दुश्मन को दुश्मन नहीं कहा जाता संविधान में...
कि संविधान है एक किताब नई
जिसे मिले हैं कई नोबेल पुरस्कार और भी पुरस्कार कई-कई...

कहते हो तुम कि हम नहीं सुनते तुम्हारी...
कि बर्बादों को जानना जरूरी है
कि वे जानते ही कुछ नहीं...
कि वे जानते हैं कि
आबाद ही खुशहाल हैं...ज्ञानी भी...
कहते हो तुम कि हम हैं...कहीं के...
(देते हो गाली)

नखरेबाज...तुनकमिजाज...सिरचढ़े
समझते खुद को ज्ञानी...ध्यानी
पर हो वास्तव में अभिमानी...
ठीक???
कहा तुमने
सोचा नहीं करते शरणार्थी...
बोला नहीं करते शरणार्थी...
हँसा नहीं करते शरणार्थी...
खेला नहीं करते शरणार्थी...
घर में नहीं रहते शरणार्थी...
सरकार से डरते हैं शरणार्थी...
अतः कृपया अधिकारों पर न झपटें शरणार्थी
योग्य नहीं होते होकर भी शरणार्थी
क्योंकि
शरणार्थी होते हैं शरणार्थी

जिस शहर में रहते हैं
उस शहर के नागरिकों से डरते हैं शरणार्थी...
लू से, शीत से, वर्षा से, अभावों से,
भूख, प्यास और बेरोज़गारी से मरते हैं शरणार्थी
पागलपन, रोग और अकथनीय दुख से मरते हैं शरणार्थी
यादों से तो ज़्यादा से ज़्यादा मरते हैं शरणार्थी
वह भी हिंदू शरणार्थी...
वह भी अपने ही देश में शरणार्थी...
कुछ जो बचते हैं
डालते हैं सरकारों, सरकारी लोगों और सामान्य
नगरवासियों के जीवन में, नीतियों, प्रकल्पों, विकास कार्यों
में विघ्न अर्थात् खलल
पुनः कहते हो :
हमें नहीं चाहिए तुम्हारा देशप्रेम
जो तुम्हारी लाचारी हैं फिर से
तुम तो करोगे ही देश से प्रेम और करोगे क्या भला...?

हमें चाहिए शत्रु की ख़ुशी,
शत्रु से मिलन,
शत्रु का सर्वमंगल, शुभ।
और तो और
भरपेट नहीं खाते शरणार्थी...
लज्जा की बात है यह तो...

हे राम! हे भारत माँ! हे मेरी राज्ञी, मेरी क्षीर भवानी!

तो अब सुनो...
हम भी मरे ही थे
पर,
हुआ यों कि :
प्राणों ने भींच लिया शरीर को
यों जैसे शिशु भींच लेता है
घर से निकलती माँ को कि उसे छोड़कर
न जाए।
अत: हममें जो कुछ न मरे
हमारा दोष नहीं
और हमने लाए शब्दों से भागे अर्थ वापस।
कृपया समझें आप!! समझें कृपया!! समझें आप!!
मैं कुछ और भी बता सकती हूँ
बहुत कुछ, बहुत ही कुछ
पर छोड़ो...तुम छुप-छुपकर होओगे परेशान
और सबके सामने हो जाओगे नाराज...।
दोगे ताने
'कि तुम मरे क्यों नहीं वहीं...।'

❒❒❒

www.ingramcontent.com/pod-product-compliance
Lightning Source LLC
LaVergne TN
LVHW090407051026
849518LV00006B/2267